ON RÉCOLTE

CE QU'ON A SEMÉ

LILLE	PARIS
L. LEFORT,	A. LECLÈRE ET Cie
Imprimeurs-Libraires	

N° 533

ON RÉCOLTE CE QU'ON A SEMÉ

SUIVI DE

VERTU PASSE RICHESSE

PROVERBES

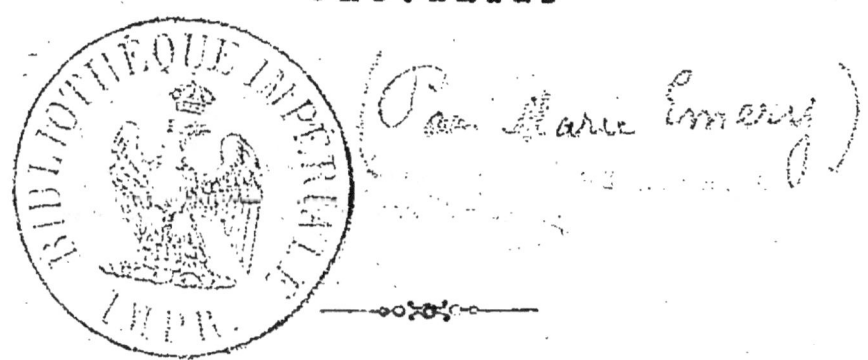

(Par Marie Emery)

LILLE

L. LEFORT, IMPRIMEUR-LIBRAIRE.

1853

PROPRIÉTÉ DE

ON RÉCOLTE CE QU'ON A SEMÉ

Proverbe en deux actes

PERSONNAGES :

M. de PONTALEU.

BALLERINO.

CHRISTOPHE, *dit* PAILLASSE, ⎫
ARTHUR, *dit* ZÉPHYR, ⎬ saltimbanques.

RAYMOND, domestique de M. de Pontaleu.

LEJUSTE, garde-champêtre.

Paysans.

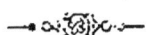

La scène se passe dans un village situé
à deux lieues d'Avignon.

ON RÉCOLTE CE QU'ON A SEMÉ

ACTE PREMIER

Le théâtre représente une espèce de carrefour.
A gauche du spectateur, on aperçoit une grille fermant
l'avenue qui conduit à une belle maison.

SCÈNE I

BALLERINO, CHRISTOPHE, ARTHUR.

(*Ils sont vêtus comme des saltimbanques,
pantalon collant, veste rouge. Ballerino est
enveloppé dans un vieux manteau, Christophe
porte une grosse-caisse.*)

BALLERINO.

Arrêtons-nous ici.

ARTHUR, *se laissant tomber au pied d'un arbre.*

Je n'aurais pu faire dix pas de plus.

BALLERINO.

Décidément, cet enfant n'a pas d'énergie; il lui manquera toujours ce feu sacré qui anime les véritables artistes. (*Avec colère :*) Ne vois-tu pas, malheureux, que tu souilles de poussière ton pantalon et ta veste; ton entretien me ruine. (*Arthur se relève vivement.*)

CHRISTOPHE.

Ce n'est rien, maître, au premier ruisseau que nous rencontrerons je laverai les habits de Zéphyr.

BALLERINO.

Il faut toujours que tu le soutiennes, quelque justes que soient les reproches qui lui sont adressés. Cet enfant te doit la plupart de ses défauts; mais je compte y mettre bon ordre; il ne sera pas dit que tu pourras entraver sans cesse mon système d'éducation. (*Il lève le bras comme s'il voulait frapper.*)

CHRISTOPHE, *à part.*

J'espère bien que ce ne sera pas sur le pauvre Zéphyr que tu appliqueras ton système.

BALLERINO, *regardant du côté de l'avenue.*

Cette maison doit être celle du maire, si nous

avons été bien renseignés; pendant que je solli-
citerai son autorisation pour donner quelques représentations dans le village, occupe-toi de nous
trouver à souper et un gîte pour la nuit.

CHRISTOPHE.

Oui, maître. (*Il fait un mouvement pour se
débarrasser de sa caisse.*)

BALLERINO, *le retenant.*

Paillasse, vous êtes un âne. Comment vous
accueillerait-on dans une auberge sans votre caisse?
N'est-ce pas elle qui doit tout à la fois indiquer
votre qualité et répondre de votre dépense. D'ailleurs le bruit de notre arrivée dans ce pays se
répandra ainsi plus facilement. (*Arthur se dis-
pose à suivre Christophe.*) Restez ici, Zéphyr, je
puis avoir besoin de vous, quand ce ne serait que
pour donner une idée de nos talents à l'autorité
du lieu. (*Christophe s'éloigne et Ballerino va son-
ner à la grille.*)

&-&

SCÈNE II

BALLERINO, RAYMOND, ARTHUR.

BALLERINO.

Je voudrais avoir l'honneur d'entretenir un instant M. le maire.

RAYMOND, *d'un ton brusque.*

Que lui voulez-vous?

BALLERINO.

Nous sommes des artistes ambulants qui venons solliciter son agrément, avant de faire jouir de la vue de nos exercices les habitants de cette belle contrée.

RAYMOND, *avec la même brusquerie.*

Mon maître n'est pas chez lui. Allez à la mairie, et vous y trouverez son secrétaire.

BALLERINO.

C'est lui qui m'a envoyé vers cet illustre seigneur, afin d'en apprendre s'il consent à ce que nous nous établissions dans ce lieu même, qui m'a paru merveilleusement convenir à notre spectacle.

RAYMOND, *vivement.*

Vous établir ici sous ses yeux! cela ne sera pas, j'en réponds.

BALLERINO.

Pourquoi donc, s'il vous plaît?

RAYMOND.

Parce que.... mon maître a en horreur tous les gens de votre espèce.

BALLERINO.

Vous m'étonnez, vieillard: M. le maire doit à ses administrés, il se doit à lui-même de protéger les beaux arts.

RAYMOND, *avec colère.*

Et de chasser les vagabonds.

BALLERINO.

Que voulez-vous dire ?

RAYMOND.

Qu'il faut planter votre camp plus loin. D'ailleurs, nos paysans n'ont pas besoin de vos tours de jongleurs.

ARTHUR, *du ton de la prière.*

Oh ! ne nous renvoyez pas, je vous en prie, nous sommes si fatigués !

RAYMOND, *à part.*

Encore un de ces pauvres petits misérables ; je ne voudrais pas pour tout au monde que monsieur l'aperçût.

BALLERINO, *à part.*

Je crois que le vieux bourru s'humanise. (*Haut:*) Zéphyr, donnez une preuve de vos talents à ce seigneur. Cet enfant, voyez-vous, n'a pas son pareil pour le saut de carpe.

ARTHUR, *tristement.*

Mais aujourd'hui je ne pourrais pas....

BALLERINO, *durement.*

Tu me désobéis, je crois.

ARTHUR, *vivement.*

Non, maître, non.

RAYMOND.

Laissez ce petit malheureux tranquille, méchant
histrion.

BALLERINO.

Est-ce qu'un père n'est pas maître de son fils
dans ce pays?

RAYMOND.

Un père! dites plutôt le bourreau est maître de
sa victime. Enfin je n'ai pas de temps à perdre
avec vous, et mon maître est sorti; mais, si vous
voulez m'en croire, ne vous arrêtez pas ici, et
allez chercher des dupes ailleurs. (*Il rentre et
ferme la grille.*)

BALLERINO.

Le butor! mais je ne partirai pas, ne fût-ce que
pour lui prouver le cas que je fais de ses avis.

❦❦

SCÈNE III

BALLERINO, CHRISTOPHE, ARTHUR.

BALLERINO.

Eh bien! aurons-nous à souper et un gîte pour
la nuit?

CHRISTOPHE.

Nous avons le choix, maître.

BALLERINO.

A la bonne heure.

CHRISTOPHE.

Dans trois endroits, on attend que nous nous présentions pour nous mettre à la porte.

BALLERINO.

Hein?

CHRISTOPHE.

Rebuté partout... Cependant il y a un de ces aubergistes qui m'a paru disposé à se laisser attendrir.

BALLERINO.

Allons donc.

CHRISTOPHE.

Pourvu que nous payions d'avance.

BALLERINO.

Les mal-appris! Ils sont indignes que des gens comme nous fassent une halte dans cette bicoque de village. Mais tu n'auras pas su t'y bien prendre; il faut que je fasse tout par moi-même. Leur as-tu montré ta caisse, au moins?

CHRISTOPHE.

Je crois bien; mais eux, ils m'ont montré la porte.

BALLERINO.

Pays de sauvages! Je vais essayer de leur faire avaler une couleuvre, et si elle ne passe pas, mes enfants, nous donnerons une représentation ce soir, afin de payer notre souper. (*Ils se disposent à s'en aller, Ballerino marche en avant.*)

CHRISTOPHE, *bas à Arthur.*

Tiens, voilà un morceau de pain que j'ai acheté pour le sou qui me restait, tâche que le vieux ne le voie pas; car je crois que notre souper est compromis.

ARTHUR, *prenant le pain.*

Mais toi?

CHRISTOPHE.

J'ai mangé ma part.

ARTHUR.

Je suis sûr que non.

CHRISTOPHE.

Mange, quand je te le dis. (*Ils sortent.*)

✥✥

SCÈNE IV

M. de PONTALEU. (*Il arrive par le chemin qui est à droite, et tient à la main un fusil de chasse.*)

M. DE PONTALEU.

Encore une journée d'écoulée! et je me suis tellement fatigué que j'espère pour cette nuit un peu de repos. Quelle existence que la mienne depuis tantôt huit années! Chaque matin je voudrais être déjà à la fin du jour, et lorsque la nuit

approche, la nuit qui ne m'apporte presque toujours qu'une affreuse insomnie, je languis après
le retour de la lumière. Il fut un temps cependant
où l'on me citait comme un heureux époux,
comme un heureux père! Peut-être, hélas! ai-je
été ingrat envers cette Providence qui m'avait
accordé les biens les plus précieux que l'homme
puisse désirer ici-bas, et elle m'en a puni!.....
Deux coups terribles sont venus me frapper suc-
cessivement. L'époux aurait pu se résigner peut-
être, le chrétien aurait été chercher dans le sein
de Dieu la douce compagne qu'il avait perdue;
mais le père où trouvera-t-il un terme à ses in-
quiétudes, un allégement à sa douleur? Quel est
le sort de l'enfant enlevé à sa tendresse? Quels
maux ont assailli cette jeune existence? Quels
vices ont souillé cette âme si pure? Pensée dé-
chirante, angoisses affreuses, qui torturez ma vie
sans relâche! vous durerez, hélas! autant qu'elle.
(*M. de Pontaleu se laisse tomber sur un banc
de pierre, placé à côté de la grille, et paraît
accablé.*)

SCÈNE V

M de PONTALEU, RAYMOND.

RAYMOND.

Ah! vous voici enfin, mon cher maître; j'étais

inquiet de ce long retard. (*A part* :) Comme il paraît triste aujourd'hui. (*Haut :*) Ne voulez-vous pas rentrer, monsieur ?

M DE PONTALEU.

Non, Raymond, il me semble que j'étoufferais dans un appartement.

RAYMOND.

Cependant vous paraissez très-fatigué.

M. DE PONTALEU.

Qu'importe ! je voudrais l'être plus encore, je voudrais que la fatigue du corps fût telle qu'elle empêchât l'âme de penser, de se souvenir !....

RAYMOND.

Mon cher maître, il faut les éloigner, ces pensées pénibles, il le faut.

M. DE PONTALEU, *vivement.*

Les éloigner !..... Raymond, les éloigner ?..... Ainsi un père pourrait oublier son enfant soumis aux traitements les plus barbares, environné d'exemples coupables, condamné à l'existence la plus misérable qui soit en ce monde ! Est-ce là ce que tu espères obtenir de moi ?

RAYMOND.

Non, sans doute ; mais pourquoi vous créer toutes ces images désolantes ? pourquoi ne pas supposer avec tout le monde que le pauvre petit sera tombé dans le Rhône pendant que la mal-

heureuse Thérèse avait cessé de veiller sur lui.
Rappelez-vous tant de recherches sans résultat,
tandis que vous n'avez pour appuyer vos craintes
que le récit d'un vagabond qui trouvait peut-être
son intérêt à vous tromper.

M. DE PONTALEU, *se levant avec vivacité.*

Et cette voix intérieure qui me poursuit sans
cesse en me disant : « Ton fils vit, ton fils souffre,
il t'appelle; » je devrais donc la contraindre au
silence comme une importune? m'endormir dans
un coupable égoïsme, ou dans une fausse sécurité,
me persuader en un mot que mon fils est mort,
afin d'avoir le droit de m'en consoler? Non, Raymond, non; ce ne serait pas remplir la tâche que
Dieu m'a imposée comme père; et ma conscience
n'en serait pas moins révoltée que mon cœur.

RAYMOND.

Mais que pouvez-vous faire encore?

M. DE PONTALEU.

Je veux partir, partir demain; et malgré l'inutilité de mes recherches pendant ces huit années,
inutilité que tu me rappelais tout-à-l'heure, j'en
recommencerai de nouvelles.

RAYMOND.

Mon cher maître, y songez-vous?

M. DE PONTALEU.

J'y suis bien résolu. D'ailleurs le repos me tue

2

et je me le reproche presque à l'égal d'un crime ;
mais je n'exige pas, mon vieux et fidèle serviteur,
que tu me suives dans ces nouveaux voyages, j'ai
déjà eu assez de preuves de ton dévouement pour
t'épargner du moins celle-ci.

RAYMOND.

Vous savez bien que je ne vous abandonnerai
pas, fallût-il vous suivre à l'extrémité de la terre.

M. DE PONTALEU.

Non, mon bon Raymond, ce serait abuser....

RAYMOND, *brusquement.*

Quand faudra t-il commencer les préparatifs du
départ ?

M. DE PONTALEU.

A l'instant; car nous nous mettrons en route
demain, à la naissance du jour. (*Ils sortent.*)

☙☙

SCÈNE VI

BALLERINO, CHRISTOPHE, ARTHUR.

BALLERINO. (*Il marche avec agitation; Christophe et Arthur le suivent.*)

Oh! les vandales! ah! les sauvages! vit-on
jamais accueillir ainsi des artistes étrangers? leur
faire une semblable avanie. (*Avec force :*) Soyez

maudit, pays dégénéré ; dès demain je vous quitterai pour retourner dans cette belle Italie, que je me repens bien d'avoir abandonné ; terre classique des beaux arts où le talent n'est jamais méconnu ni repoussé. Payer d'avance ! Les misérables ! croient-ils donc que je me laisserai humilier à ce point. Et d'ailleurs, pour payer il faudrait en avoir les moyens.

CHRISTOPHE.

Vous l'avez entendu vous-même, maître.

BALLERINO, *avec colère.*

Tais-toi ; c'est ta faute si nous sommes revenus dans cette ingrate patrie, que je renie ; c'est toi qui, depuis des années, ne cessais de me corner ses louanges aux oreilles, et comme si les alouettes devaient nous y tomber toutes rôties. Voilà cependant à quoi ont abouti tes instances ; nous nous sommes séparés de bons et fidèles amis qui, mieux inspirés, n'ont pas voulu nous suivre sur cette terre de barbarie. Que faire maintenant ? nous faudra-t-il passer la nuit à la belle étoile, et sans avoir un morceau à mettre sous la dent.

CHRISTOPHE.

Je ne vois pas d'autre expédient.

BALLERINO.

Eh bien, non, mille fois non. Arrêtons-nous ici, prends ta caisse ; toi, Zéphyr, apprête ton flageolet, pendant ce temps je vais attacher la corde à deux arbres; ce serait bien le diable s'il ne survenait pas quelques paysans attirés par notre musique, et nous commencerons nos exercices. L'homme de génie sait commander aux évènements; d'ailleurs il n'y a pas moyen de gagner notre souper autrement.

ARTHUR, *d'un ton triste.*

Ah! j'aimerais bien mieux m'en passer, et dormir ici, à l'ombre de ces beaux arbres. Il me semble que j'y serais si bien!

BALLERINO, *levant le bras.*

Tu raisonnes, je crois.

ARTHUR, *avec effroi.*

Non, maître, non.

CHRISTOPHE, *se mettant entre eux.*

Allons, petit, à ton fifre, dépêchons. Mais cependant nous n'avons pas encore de permission; que va dire l'autorité?

BALLERINO.

Je me moque de l'autorité; elle n'a pas le droit de nous condamner à la diète; et, puisque ces rustres nous refusent le crédit, il faut risquer un coup hardi. Ainsi plus d'observations; et qu'on se dépêche.

ARTHUR, *bas à Christophe.*

Je ne pourrai jamais me tenir sur la corde; mes pieds sont meurtris.

CHRISTOPHE, *de même.*

Je tâcherai de leur dire des bêtises pour les amuser; sois tranquille.

ARTHUR, *du même ton.*

Mais si on vient nous arrêter?

CHRISTOPHE.

C'est ce que je veux.

ARTHUR.

On nous mettra en prison.

CHRISTOPHE.

Tant mieux.

BALLERINO, *avec colère.*

Aurez-vous bientôt fini vos chuchottements, ou faut-il que je m'en mêle? (*Aussitôt Christophe bat de la grosse caisse, et Arthur joue du fifre.*) Plus fort, plus fort; il faut qu'on vous entende dans tout le village. (*Ballerino tire d'un sac des gobelets, une vieille épée, des boules, enfin tout l'attirail ordinaire des saltimbanques. Pendant ce temps on voit arriver des paysans de divers côtés.*)

BALLERINO.

Cela chauffe; plus fort, vous autres. (*S'adressant aux paysans:*) Messieurs, en passant par ce village pour nous rendre dans la capitale de la France, où nous sommes attendus, nous avons voulu vous fournir une occasion unique de juger

de talents qui, je le dis sans vanité, n'ont pas de
rivaux dans le monde. Sans faire ici mon propre
éloge, ce que ma modestie naturelle m'interdit,
je puis dire que tous les souverains étrangers se
sont plu à reconnaître mon mérite supérieur, non-
seulement en ce qui concerne les tours d'adresse,
mais encore pour lire dans le livre de la destinée.
De hautes études m'ont livré tous les secrets de la
nature, et.....

CHRISTOPHE.

Nous pourrons, à votre goût, vous raconter l'a-
venir, ou vous prédire le passé.

BALLERINO.

Taisez-vous, Paillasse. Messieurs, vous avez
une trop haute réputation de justice et de générosité pour ne pas accorder au talent la rémuné-
ration qu'il mérite. Paillasse, faites le tour de
l'honorable assistance. (*Presque tous les paysans
se retirent en arrière, lorsque Christophe leur
tend sa bourse, dans laquelle il ne tombe que
quelques sols.*)

BALLERINO, *à part.*

Oh! les ladres! (*Haut* :) Je n'en attendais pas
moins, messieurs, de votre générosité; mais
comme de nombreux spectateurs ont toujours sti-
mulé le talent, vous devez comprendre que je
désirerais voir vos rangs encore plus pressés; c'est
pourquoi nous ferons un nouvel appel à vos esti-

mables concitoyens. Allez, la musique! (*Christophe et Arthur reprennent leurs instruments.*)

UN PAYSAN, *avec humeur.*

Si vous ne voulez pas commencer vos tours, rendez-nous notre argent.

CHRISTOPHE.

Nous prenons toujours, aimable villageois, mais nous ne rendons jamais.

LE PAYSAN.

Si c'est comme cela, mon garçon, je vas t'administrer une grêle de coups.

CHRISTOPHE.

Oh! alors je rends double.

BALLERINO.

Taisez-vous, Paillasse; ne faites pas attention, messieurs, aux propos de ce garçon; l'illustre Zéphyr, qui n'a pas son pareil pour la grâce et la légèreté, va exécuter sur la corde des exercices comme je suis persuadé que vous n'en avez jamais vus.

CHRISTOPHE.

Et que vous ne verrez jamais.

BALLERINO, *avec colère.*

Te tairas-tu, à la fin. Zéphyr, mon amour, montrez votre talent à l'honorable compagnie.

ARTHUR, *bas à Christophe.*

Hélas! que faut-il faire?

CHRISTOPHE.

Ne bouge pas.

BALLERINO.

Je crois que tu hésites, vaurien.

CHRISTOPHE.

Il a raison.

BALLERINO, *avec fureur*.

Tu le soutiens dans sa rébellion, misérable!

CHRISTOPHE.

Je dis que la recette n'est pas assez forte et qu'on ne se prodigue pas comme cela. Zéphyr ne montera pas sur la corde.

UN PAYSAN.

C'est une scène jouée pour extorquer notre argent.

BALLERINO.

Ne le croyez pas, messieurs.

CHRISTOPHE, *avec force*.

Maître Ballerino, vous n'avez pas la dignité du talent.

BALLERINO.

Tu me paieras cher ta conduite de ce soir.

CHRISTOPHE.

Oui, le moment est venu de régler nos comptes; et je suis prêt.

UN PAYSAN.

Ces brigands ont l'air de se disputer, tandis

qu'au fond ils se moquent de nous, il faut les chasser du village.

ARTHUR, *d'un ton suppliant.*

Oh! laissez-nous seulement dormir ici, nous ne ferons aucun mal.

UN AUTRE PAYSAN.

Le petit aussi sait son rôle; c'est tout une race de fainéants et de bandits.

PLUSIEURS VOIX.

Oui, oui, chassons-les, chassons-les. (*Tous parlent à la fois, et le tumulte est à son comble.)*

SCÈNE VII

Les précédents; LEJUSTE, garde-champêtre.

LEJUSTE.

Quel est ce vacarme? et devant la maison de M. le maire encore!

BALLERINO.

Seigneur, je vous prends à témoin....

LES PAYSANS.

Ce sont des gueux, des escrocs, qui veulent voler notre argent.

CHRISTOPHE.

Je demande à être conduit devant l'autorité.

3

(*Tout le monde parle à la fois.*)

LEJUSTE.

Du silence ! vous m'étourdissez.

UN PAYSAN.

Il faut les mettre en prison.

BALLERINO, *à part.*

Je crois que le moment est venu d'opérer une fugue ; les cartes se brouillent.

CHRISTOPHE, *en montrant Ballerino.*

M. le garde-champêtre, arrêtez cet homme.

UN PAYSAN, *désignant Christophe.*

Non, c'est celui-ci qui nous a insultés après avoir reçu notre argent ; c'est lui qu'il faut arrêter.

BALLERINO.

C'est lui.

CHRISTOPHE.

Ne le croyez pas, lui seul est coupable.

PLUSIEURS VOIX.

Non, non. Si, si.

LEJUSTE.

Si vous ne vous taisez pas, j'arrêterai tout le monde.

BALLERINO, *bas à Christophe.*

Malheureux ! quel est donc ton dessein ?

CHRISTOPHE.

De te faire infliger la punition que tu as méritée.

BALLERINO.

As-tu perdu la tête ?

CHRISTOPHE.

Je te prouverai bien le contraire.

BALLERINO, *à part.*

Décidément, l'instant est venu de m'éclipser ; l'affaire pourrait avoir des suites fâcheuses. Où diable me suis-je fourré ? j'aurais dû me défier de ce Paillasse.

CHRISTOPHE, *voyant Ballerino qui s'éloigne en cherchant à entraîner Arthur.*

M. le garde-champêtre, je vous dis encore une fois que cet homme a volé....

LEJUSTE.

Et te tairas-tu, misérable *Paillasse?*

CHRISTOPHE, *avec amertume.*

Il a raison ; que peut la parole d'un Paillasse !

(*Arthur se débat entre les mains de Ballerino qui l'entraîne, Christophe cherche à s'élancer vers eux.*)

UN PAYSAN, *l'arrêtant.*

M. Lejuste, voilà le coupable dont il faut vous emparer.

CHRISTOPHE, *se débattant.*

Laissez-moi secourir cet enfant, et après vous ferez de moi ce que vous voudrez.

PLUSIEURS VOIX.

Non, non; ne le lâchez pas.

LEJUSTE, *à Christophe.*

Je dois vous arrêter ; si vous êtes innocent, il vous sera facile de le prouver.

CHRISTOPHE, *avec douleur.*

Alors il sera trop tard.

(*On entend au loin la voix d'Arthur qui crie :* « Christophe à mon secours.... à mon secours ! » *Christophe fait un mouvement pour s'échapper, mais on le retient de force, et il baisse la tête d'un air de désespoir. — Le rideau tombe.*)

FIN DU PREMIER ACTE.

ACTE DEUXIÈME

Le théâtre représente un salon chez M. de Pontaleu.

❦

SCÈNE I

RAYMOND, LEJUSTE.

RAYMOND.

Mon maître est fort occupé des préparatifs de notre prochain départ; cependant je vais lui dire que vous êtes ici.

LEJUSTE.

Je voudrais lui présenter la requête d'un pauvre diable que je m'étais vu contraint d'arrêter hier soir, parce qu'il avait été la cause d'un peu de trouble dans le village. Après tout, il n'y a contre lui aucune charge sérieuse, et ce matin je lui ai rendu sa liberté; mais au lieu d'en profiter, il m'a déclaré qu'il était bien résolu à ne pas s'éloigner avant d'avoir vu M. le maire, à qui il veut révéler un secret important,

3 *

RAYMOND.

Je vais en prévenir mon maître; d'ailleurs, tout
ce qui pourra retarder ce malheureux voyage doit
être saisi avec empressement. Ah! Lejuste, combien de nouveaux tourments je prévois!

LEJUSTE.

Il ne se consolera donc jamais?

RAYMOND.

C'est-à-dire que son chagrin paraît augmenter
plutôt de jour en jour. Si cela continue, il est
impossible qu'il n'y succombe point. Moi seul
peut-être connais tout ce qu'il a souffert!

LEJUSTE.

Cependant, qui mérita jamais plus que M. de
Pontaleu d'être heureux? combien d'infortunés il
a secourus! nous savons cela, nous, Raymond.

RAYMOND, *fortement.*

Oui, c'est le meilleur des hommes (*avec tristesse*) comme il en est aujourd'hui le plus malheureux. Mais je l'entends, M. Lejuste, et vous
pourrez lui parler vous-même.

SCÈNE II

Les précédents ; M. de PONTALEU, *entrant avec
vivacité.*

M. DE PONTALEU.

Eh bien, Raymond, que faites-vous ici, au lieu
de donner les ordres pour notre départ ?.... Vous
savez cependant que je veux être en route avant
huit heures.

RAYMOND.

Oui, monsieur, sans doute ; mais c'est que
voilà le garde-champêtre....

M. DE PONTALEU, *avec distraction.*

Ah ! bonjour, Lejuste, je ne vous avais pas vu.

LEJUSTE.

Si M. le maire pouvait accorder quelques mi-
nutes à un malheureux qui demande en grace
cette faveur.

M. DE PONTALEU.

Mais c'est impossible, il faut que je parte, les
chevaux sont attelés, n'est-ce pas, Raymond ?
(*Portant la main à son front :*) Oh ! la douleur
me rend donc égoïste !

RAYMOND, *bas à Lejuste.*

Insistez encore, et vous réussirez.

LEJUSTE.

Cela ne retarderait guère le départ de monsieur,
et cet homme demande si instamment à le voir.

M. DE PONTALEU.

Vous avez raison, Lejuste : d'ailleurs, je ne dois
pas permettre que mes chagrins me fassent com-
plètement oublier les devoirs de ma position. Où
est ce malheureux ? Allez lui dire que je l'attends ;
mais qu'il se hâte, mes moments sont comptés,
car j'entends sans cesse la voix d'un autre infor-
tuné qui, elle aussi, m'appelle. (*Il se laisse tomber sur un siège avec tous les signes du plus
profond accablement.*)

RAYMOND, *bas à Lejuste.*

Vous le voyez, toujours la même pensée !
(*Lejuste sort, et Raymond contemple tristement son maître jusqu'au moment où le garde-
champêtre reparaît avec Christophe.*)

꙰

SCÈNE III

M. de PONTALEU, CHRISTOPHE, RAYMOND,
LEJUSTE.

RAYMOND, *à part.*

Un saltimbanque ! Oh ! si je l'avais su !

M. DE PONTALEU, *sans presque regarder*
Christophe.

Parlez, mon ami, qu'avez-vous à me demander,
est-ce de l'argent?

CHRISTOPHE.

Non, monsieur, c'est votre appui, c'est votre
justice que je viens implorer.

M. DE PONTALEU.

Ils n'ont jamais manqué à ceux qui en étaient
dignes.

CHRISTOPHE.

Afin de prouver la vérité de ce que j'a-
vance, il me faut prendre mon histoire d'un peu
loin.

RAYMOND, *à part avec inquiétude.*

Que va-t-il lui dire? (*Haut:*) C'est que M. le
maire est très-pressé.

M. DE PONTALEU.

Silence, Raymond! (*A demi-voix:*) Le ma-
gistrat l'emportera du moins un instant sur le
père.

CHRISTOPHE.

Ces misérables haillons vous auront déjà appris
que je suis un pauvre saltimbanque, (*avec amertume*) ce qu'il y a de plus bas dans le monde,
un Paillasse!

M. DE PONTALEU, *se levant vivement et regardant*
Christophe avec anxiété.

Un saltimbanque! quel sujet l'amène? où as-tu
été? d'où viens-tu? parle, parle.

RAYMOND, *à part.*

Là! j'en étais sûr!

CHRISTOPHE, *d'un air surpris.*

Où j'ai été, monsieur? en Allemagne d'abord,
puis ensuite en Italie, où j'ai passé huit années;
ce que je veux, je vous l'ai dit : justice. Mais
laissez-moi, je vous en conjure, prendre les choses
dès le commencement.

M. DE PONTALEU, *se rasseyant.*

Va, je t'écoute. (*A part :*) Oh! mon cœur, sois
donc plus ferme.

CHRISTOPHE.

Suis-je né parmi ceux qui ont été les compa-
gnons de toute ma vie, c'est ce que je ne saurais
affirmer; les souvenirs de mon enfance ont été
effacés à force de misère, de mauvais traitements,
de souffrances de toute espèce.

(*M. de Pontaleu porte la main à son front.*)

RAYMOND, *à part.*

Oh! mon pauvre maître! et sans moi il n'aurait
pas vu cet homme.

CHRISTOPHE.

Aussi, sans vouloir entrer ici dans des détails

inutiles, j'arrive tout de suite à ce qui m'arriva
il y a huit ans à Avignon, où nous étions venus
donner des représentations pendant la foire, car
c'est à cette partie de mon histoire que se rat-
tachent les faits que je viens vous dénoncer. Il
y a huit ans donc, j'avais été maladroit dans mes
exercices sur la corde, en me laissant tomber
plusieurs fois; aussi, après m'avoir battu (*on voit
M. de Pontaleu tressaillir douloureusement.*)
mon maître me mit à la porte de notre pauvre
auberge en m'annonçant que je serais privé de
nourriture jusqu'au lendemain. J'allai m'asseoir
sur une borne près de la porte, et là je pleurais
amèrement lorsqu'un monsieur vint à moi, m'in-
terrogea avec bonté sur le sujet de mes larmes;
et lorsque je lui eus fait connaître la punition
que mon père m'avait infligée, car je croyais
alors que ce misérable était mon père, il me
donna de l'argent en me disant de rentrer dans
l'auberge et de me faire donner à souper et un
lit. Ce monsieur n'était pas seul, il tenait par la
main un bel enfant de trois ou quatre ans, à
qui il dit : « Donne tes gâteaux à ce malheureux,
mon fils, car il a faim. » Et l'enfant en donna
aussitôt. Cela vous paraît peut-être bien simple,
monsieur; mais moi qui n'avais jamais entendu
une bonne parole, que l'on avait constamment
bafoué, repoussé, battu, j'éprouvai une telle surprise, une si grande reconnaissance, qu'elles me

rendirent comme un idiot, et je laissai mes bien-
faiteurs s'éloigner sans leur adresser un remer-
cîment.

CENTER M. DE PONTALEU.

Leur conduite était si simple en effet que le
souvenir que tu en as gardé fait honneur à ton
cœur. Hélas! ceux que tu appelles tes bienfai-
teurs étaient alors sous le coup d'un affreux malheur.

CENTER CHRISTOPHE.

Je le sais bien, monsieur; mais vous, vous les
connaissiez donc aussi? (*M. de Pontaleu fait
avec la tête un signe d'acquiescement.*)

CENTER RAYMOND, *bas à Lejuste.*

Où veut-il en venir? je tremble à chaque mot
qu'il prononce.

CENTER CHRISTOPHE.

A peine huit jours s'étaient-ils écoulés, nous
étions alors dans une petite ville d'Italie, lorsque
Ballerino, l'un des nôtres, nous rejoignit; il em-
menait avec lui un enfant que je reconnus à l'instant, malgré son changement de costume.

CENTER M. DE PONTALEU, *se levant brusquement et po-
sant ses deux mains sur le bras de Christophe.*

Mon fils! mon fils!.... où est-il?.... qu'en ont-ils
fait? réponds, réponds; mais réponds donc!

CENTER CHRISTOPHE.

Son fils! quoi! c'était donc vous?

M. DE PONTALEU.

Mais ne le savais-tu donc pas?

RAYMOND, *avec angoisse.*

Mon cher maître, soyez prudent, je vous en
conjure, ce n'est pas la première fois qu'on cherche
à spéculer sur votre malheur.

M. DE PONTALEU.

Tais toi, Raymond; quand je te disais que mon
enfant n'était pas mort, tu refusais de le croire;
mais le cœur d'un père ne pouvait s'abuser à cet
égard.

CHRISTOPHE, *avec un grand étonnement.*

Arthur serait votre fils? est-ce possible?

M. DE PONTALEU.

Mais encore une fois tu devais le savoir, parce
que tu t'es adressé à moi.

CHRISTOPHE.

Je vous jure que non; mais depuis de longues
années, je m'étais dit qu'aussitôt notre retour en
France je dénoncerai à la justice l'enlèvement du
pauvre petit; je croyais m'adresser au maire de
ce village, et non au père d'Arthur.

M. DE PONTALEU.

Mon fils, où est-il? car tu vas me le rendre,
n'est-ce pas?

4

CHRISTOPHE.

Hélas! hier encore il était ici; mais à cette heure, qui sait où l'infâme Ballerino l'aura emmené? Oh! pourquoi m'a-t-on arrêté? m'empêchant ainsi de veiller sur lui comme je le fais depuis huit ans. Je vous le jure, monsieur, quoique la parole d'un misérable saltimbanque n'ait peut-être aucune importance, c'est pour ne pas me séparer de ce pauvre enfant, c'est afin de partager avec lui le pain que nous mesuraient strictement nos maîtres, que je n'ai point abandonné un état qui me dégoûtait; mais nous étions toujours en pays étranger; Ballerino affirmait qu'Arthur était son fils, et moi je ne pouvais prouver le contraire; du moins ainsi nous endurions les mêmes misères, et quelquefois il m'était permis d'adoucir un peu les siennes.

M. DE PONTALEU, *avec émotion.*

Sois béni, toi qui as voulu servir de protecteur à mon malheureux enfant. L'homme qui a conçu, exécuté, ce généreux dessein, aura cherché aussi à préserver la pauvre victime des souillures morales qui l'environnaient de toutes parts.

CHRISTOPHE.

Ah! monsieur, Arthur vaut bien mieux que moi.

M. DE PONTALEU.

Mais où le trouver? grand Dieu! comment l'arracher à ce brigand?

LEJUSTE, *s'avançant.*

Il n'est pas un homme dans le village qui ne veuille se mettre à sa poursuite.

M. DE PONTALEU.

Oh! oui, courez, courez tous, et moi-même je marcherai à votre tête.

CHRISTOPHE, *secouant la tête.*

Vous ne connaissez pas Ballerino; c'est un fin limier, et il sait comment échapper à toutes les poursuites.

M. DE PONTALEU.

Mon cœur me fera trouver ses traces; partons, mes amis, partons à l'instant, le moindre retard est affreux. (*Il fait quelques pas et chancelle.*) Il me semble que mes forces m'abandonnent.

RAYMOND, *courant à lui.*

Mon pauvre maître! j'en étais sûr. (*Il conduit M. de Pontaleu à son fauteuil.*) Eloignez-vous tous deux; si cette histoire est vraie, tâchez de ramener ce malheureux enfant; mais en tous cas, Lejuste, ne perdez pas cet homme de vue, car s'il s'est joué des sentiments de mon maître, sa ruse infernale mérite une punition exemplaire.

SCÈNE IV

M. de PONTALEU, RAYMOND.

(*M. de Pontaleu est étendu sans connaissance dans un fauteuil.*)

RAYMOND.

Une pareille émotion était au-dessus de ses forces; mon cher maître, revenez à vous, jamais vous n'eûtes un plus grand besoin de toute votre raison, de tout votre courage.

M. DE PONTALEU, *ouvrant les yeux*.

Ah! Raymond, j'ai rêvé que j'avais retrouvé mon fils; mais (*il se lève*) mais non, ce n'était pas un rêve, non, il y avait là un homme qui me parlait d'Arthur, qui devait me le faire retrouver..... Cet homme, Raymond, où est-il? Ah! ne me dis pas que mon imagination malade a seule enfanté ce doux espoir; mais.... tu ne me réponds pas?

RAYMOND.

Hélas! monsieur, je ne sais moi-même s'il faut confirmer votre espérance ou la détruire, avoir foi dans la parole de ce saltimbanque, ou le considérer comme un imposteur; tout cela peut être vrai, et cependant je tremble. On connaît dans le pays vos craintes que le pauvre petit ne soit tombé au pouvoir de gens de cette espèce, et combien vous leur avez déjà arraché de malheureux enfants! qui sait si quelques fripons audacieux ne cherchent pas à profiter de votre malheur.

M. DE PONTALEU.

Tais-toi, Raymond; en m'arrachant toute illusion, tu me déchires le cœur.

RAYMOND.

C'est que je voudrais, mon cher maître, que vous exigeassiez les preuves les plus convaincantes; je vous en supplie, au nom même de votre tranquillité à venir. Ah! si vous veniez plus tard à concevoir quelques doutes, songez combien ils seraient pénibles.

M. DE PONTALEU.

Tu as raison, je serai calme, je serai prudent. Mais ils ne viennent pas, Raymond?.... Ce misérable m'enlèverait-il mon fils une seconde fois. Je veux aller moi-même....

RAYMOND.

Ce serait retarder peut-être l'instant de la réunion, car c'est ici qu'on l'amènera.

M. DE PONTALEU.

Cette attente est insupportable.

RAYMOND, à part.

Peut-être n'aboutira-t-elle qu'à une nouvelle déception. (On entend du bruit.)

M. DE PONTALEU.

Cette fois je ne me trompe pas, ils arrivent, n'est-ce pas, Raymond?

RAYMOND, *s'approchant d'une croisée ouverte.*

Il est vrai, monsieur.

M. DE PONTALEU.

Arthur est-il avec eux?

RAYMOND.

J'aperçois un enfant; mais est-ce votre fils? Dieu le sait.

M. DE PONTALEU.

Ah! plutôt mourir que de renoncer à cet espoir.

RAYMOND.

Mon cher maître, songez à votre promesse.

8-8

SCÈNE V

Les précédents, ARTHUR, CHRISTOPHE, LEJUSTE, BALLERINO, *Paysans.*

CHRISTOPHE, *qui tient Arthur par la main.*

Victoire, victoire! nous avons forcé Ballerino à nous le rendre.

(*Il conduit Arthur à M. de Pontaleu, qui, après l'avoir regardé un instant avec une vive émotion, l'embrasse.*)

M. DE PONTALEU, *à Raymond.*

Ah ! sans les doutes que tu es venu mettre dans mon âme, quelle eût été la joie de cet embrassement !

BALLERINO.

Je proteste contre l'indigne guet-apens dont on me rend la victime. Cet enfant m'appartient, quoiqu'en puisse dire ce misérable Paillasse, qui n'agit ainsi que par une basse vengeance.

CHRISTOPHE, *avec dignité.*

Appelez-moi par mon nom, monsieur ; il n'y a plus de Paillasse ici, j'ai renoncé pour toujours à cet odieux métier.

M. DE PONTALEU, *à Arthur avec une vive émotion.*

Mon enfant, parle avec franchise, et surtout sois sans crainte ; tu es trop jeune pour vouloir te faire le complice d'une indigne fourberie. (*Montrant Ballerino* :) Cet homme est-il réellement ton père?

ARTHUR, *avec effroi.*

Non, il n'est pas mon père, lui qui voulait toujours me battre, si Christophe ne s'était mis entre nous.

M. DE PONTALEU.

As-tu conservé quelques souvenirs de ta première enfance?

ARTHUR, *après avoir réfléchi.*

Non, monsieur.

M. DE PONTALEC.

Quoi ! pas même celui de ton nom ?

ARTHUR.

Tous nos gens m'appelaient Zéphyr ; mais Christophe me disait souvent que je m'appelais Arthur, et qu'il ne fallait pas oublier non plus la ville d'Avignon, parce que c'était là que j'avais été enlevé.

CHRISTOPHE.

Lorsque Ballerino amena l'enfant et que je le reconnus, je lui demandai son nom. Il m'apprit seulement qu'il s'appelait Arthur ; il me parlait aussi quelquefois de son père, puis de Thérèse, sa bonne, et d'un gros chien appelé Lion.

M. DE PONTALEU, *à Raymond.*

Tu l'entends, Raymond !

RAYMOND.

Le premier venu a pu leur apprendre ces détails.

M. DE PONTALEU.

Ah ! tu es cruel !

RAYMOND.

Mon cher maître, pouvons-nous appeler cela des preuves ?

M. DE PONTALEU, *à Ballerino.*

Tu es accusé d'avoir commis le vol le plus infame que puisse imaginer la perversité humaine, tu as condamné huit années de ma vie à un supplice horrible : eh bien, il dépend de toi, non pas que j'oublie ton crime, mais que je te le pardonne. Un aveu franc et complet peut te soustraire à l'action de la justice des hommes et plaidera aussi en ta faveur auprès de la justice plus redoutable du Ciel. As-tu volé cet enfant ?

BALLERINO, *après avoir jeté un regard haineux sur Christophe.*

Cet enfant est à moi, et je sais aussi que la loi punit les calomniateurs et les faussaires.

M. DE PONTALEU.

Quelle affreuse perplexité ! Si j'écoute mon cœur il me dit que c'est mon fils ; et cependant ma raison résiste et demande des preuves. Mon Dieu ! vous que j'ai si souvent imploré, ne consentirez-vous pas à m'en accorder !

BALLERINO.

Je demande qu'on me rende ma liberté et mon enfant. Vous n'avez pas le droit de nous retenir. Allons, Zéphyr, partons.

ARTHUR, *vivement.*

Je ne veux pas aller avec ce méchant homme. (*Il se met derrière M. de Pontaleu.*)

M. DE PONTALEU.

L'effroi que vous inspirez au pauvre enfant est votre condamnation.

BALLERINO.

Je lui apprendrai à renier son père.

CHRISTOPHE.

Je jure que cet homme ment et qu'Arthur n'est pas son fils.

BALLERINO.

C'est ce qu'il faudra prouver, et je t'en défie.

(*Christophe fait un geste de douleur.*)

M. DE PONTALEU.

Il y a ici un coupable. M. Lejuste, disposez-vous à l'arrêter, car, grace en soit rendue au Ciel, j'ai trouvé un moyen infaillible de découvrir la vérité.

(*Christophe se rapproche de M. de Pontaleu avec un air joyeux, tandis que Ballerino se dirige, avec des signes manifestes d'inquiétude, vers une croisée qui est ouverte. M. de Pontaleu les observe tous les deux avec une grande attention.*)

LEJUSTE, *se tournant vers les paysans.*

Vous me prêterez main-forte, vous autres, gardez bien la porte.

TOUS.

Oui, oui; il ne s'échappera pas.

M. DE PONTALEU.

La punition du coupable sera exemplaire.

UN PAYSAN.

Je commencerai par l'éreluter.

M. DE PONTALEU.

Béni soit Dieu qui m'a inspiré, car je suis convaincu maintenant de connaître la vérité.

(*Christophe se rapproche encore de M. de Pontaleu et d'Arthur. Ballerino appuie une main sur la croisée.*)

RAYMOND, *à part, en regardant son maître.*

Que va-t-il faire ?

M. DE PONTALEU.

Approchez, Arthur.

(*Arthur s'approche, et M. de Pontaleu soulève les cheveux qui couvrent son front.*)

BALLERINO, *à part.*

Il faut jouer le tout pour le tout; mais je vais leur prouver que le vieux saltimbanque ne manque pas encore de légèreté : aux grands maux les grands remèdes.

(*Il saute sur l'appui de la croisée, et de là dans le jardin. Tous les regards sont attachés sur M. de Pontaleu et sur Arthur, et l'on ne s'aperçoit pas d'abord de la fuite de Ballerino.*)

CHRISTOPHE, *avec joie.*

Si le petit avait une marque de naissance, nous sommes sauvés.

M. DE PONTALEU, *après avoir regardé le front*
d'Arthur.

Cet enfant n'en a pas.

CHRISTOPHE, *avec anxiété.*

Oh! cherchez bien, monsieur, elle doit y être
encore.

M. DE PONTALEU.

Je demandais à Dieu de m'accorder une preuve,
et sa céleste bonté m'a exaucé. L'honnête homme,
celui qui, fort de l'appui de sa conscience, dési-
rait, appelait la vérité, attend avec confiance
qu'elle se manifeste; le coupable a fui devant
l'arrêt qui le menaçait; ainsi chacun d'eux s'est
rendu justice.

LEJUSTE, *avec colère.*

Le vieux misérable a disparu! (*Aux paysans:*)
Courons, mes amis, il ne sera pas dit qu'il aura
échappé ainsi au châtiment qu'il a si bien mérité.
(*Il sort suivi d'un grand nombre de paysans.*)

CHRISTOPHE, *avec joie.*

La tâche que je m'étais proposée depuis huit
ans est accomplie; j'ai rendu l'enfant à son père,
maintenant je puis jeter au vent la défroque du
saltimbanque.

M. DE PONTALEU, *à Arthur.*

Après avoir rendu au Ciel de ferventes actions
de grace, je sens que le besoin de mon cœur sera

de te dédommager de tout ce que tu as souffert.
Quels que soient tes désirs, ne crains pas de les
exprimer, que peut faire aujourd'hui pour toi,
ton heureux père?

ARTHUR, *vivement.*

Je voudrais que Christophe ne me quittât jamais.

CHRISTOPHE.

Est-ce que c'est possible!

M. DE PONTALEU, *embrassant son fils.*

Sois béni, enfant, toi qui as su comprendre à
ton tour les devoirs sacrés de la reconnaissance,
en prouvant à ton généreux protecteur qu'*on
récolte ce qu'on a semé.*

VERTU PASSE RICHESSE

Proverbe en deux actes

PERSONNAGES.

PIERRE VIGNEUX, instituteur.

GUILLAUME LÉGER.

BOISSU, aubergiste.

JÉROME, cultivateur.

MICHEL, meunier.

LEDUN, capitaine de navire.

JEAN BASADE, garçon d'auberge.

MARTIN, berger.

Paysans.

La scène se passe dans un village situé
à trois kilomètres du Hâvre.

VERTU PASSE RICHESSE

ACTE PREMIER

Le théâtre représente une salle d'auberge.
Porte au fond et deux autres portes latérales. — A droite
du spectateur se trouvent une table et des sièges.

SCÈNE I

BOISSU, MICHEL, JÉROME, JEAN BASADE.
*Les trois premiers sont assis autour de la
table et boivent, tandis que Jean balaie la salle.
Il interrompt souvent sa besogne pour écouter
la conversation des buveurs.*

BOISSU.

C'est vraiment une bonne nouvelle, voisin, et, pour mon compte, j'en suis très-aise, car j'ai toujours aimé ce garçon.

JÉRÔME.

Je le crois bien, il s'est attablé plus d'une fois chez vous.

BOISSU.

Oh! il jasait plus qu'il ne buvait.

JÉRÔME.

Ce n'est pas là ce qu'on disait généralement dans le village; mais enfin, meunier, êtes-vous bien certain que ce soit Guillaume?

MICHEL.

Quand je vous dis que je l'ai vu, que je lui ai parlé. J'avais été à la ville porter ma farine, et j'étais assis sur ma voiture entre deux sacs, comme qui dirait vous et maître Boissu, lorsque j'aperçus notre Guillaume, portant un costume de marin, et qui arrivait du côté du port.

BOISSU.

Enfin est-il content de son voyage? a-t-il fait fortune là-bas? reviendra-t-il habiter notre village?

MICHEL, *d'un air peiné.*

Vous devriez savoir, maître Boissu, qu'on ne jette pas ainsi ses affaires à la tête d'un chacun.

Il est vrai que Guillaume aurait pu m'en parler, attendu que nous sommes parents, mon grand-père était petit cousin de son arrière-grand'oncle, cependant il n'a point paru très-disposé à répondre à mes questions.

BOISSU.

Vous lui en avez donc fait ?

MICHEL, *avec un peu d'embarras.*

Oui.... mais indirectement.

JÉRÔME.

Si notre coureur d'aventures avait fait fortune, il n'eût pas manqué de s'en vanter.

BOISSU.

C'est cela, afin que tous ses proches parents, comme le meunier, vinssent lui tomber sur le dos. Mais vous ne savez donc pas ce que c'est que la Californie ; un pays où il n'est besoin que de se baisser pour ramasser de l'or et en remplir ses poches. Comment serait-il possible d'en revenir pauvre, à moins d'y mettre de la mauvaise volonté.

JÉRÔME.

A ce compte-là, Guillaume devrait être millionnaire.

BOISSU.

Pourquoi pas.

JEAN, *avec un soupir et s'appuyant sur son balai.*

C'est pas moi qui aurais une telle chance !

MICHEL.

Oh! on exagère toujours un peu.

BOISSU.

Quand je vous dis que l'or y est aussi commun
que les cailloux sur la grève. D'ailleurs, cela a
été écrit dans tous les journaux.

JÉRÔME.

Bah! on écrit tant de choses! Il faudrait voir.

BOISSU.

Enfin, meunier, vous avez vu le voyageur,
vous lui avez parlé, quelle est votre opinion ?

MICHEL.

Moi, je n'en ai aucune. (*A part* :) Ah bien,
oui, que j'irai dire ce que je pense à ces bavards.

JÉRÔME, *après avoir rêvé un instant.*

Si j'avais la même certitude que vous, maître
Boissu, mon parti serait bientôt pris, je vendrais
ma maison et mon champ, et au lieu d'arroser
de mes sueurs une terre ingrate, je partirais sans
délai pour cette heureuse Californie.

JEAN, *à part.*

Et moi donc, comme je planterais là mon balai.

BOISSU.

Oh! oh! un instant, voisin, et votre femme et
vos enfants donc? Guillaume était seul, et cependant de tous côtés on lui a jeté la pierre.

JÉRÔME, *avec chaleur*.

Puisque ce serait pour enrichir ma famille.

BOISSU.

Mais en attendant, elle courrait le risque de mourir de faim. J'espère que si Guillaume revient au pays, il n'aura pas oublié le chemin de mon auberge. Tout le village m'est témoin que j'ai toujours pris son parti lorsqu'on en disait pis que pendre.

MICHEL, *vivement*.

Je n'ai jamais mal parlé d'un parent.

JÉRÔME, *de même*.

J'ai toujours soutenu que Guillaume était un garçon intelligent et brave.

BOISSU.

Ta, ta, ta, vous étiez des plus acharnés contre lui.

MICHEL.

Cela n'est pas, et j'aurais des preuves que vous en imposez.

BOISSU, *riant*.

Attendez, du moins, pour les rassembler que *votre cousin* ait fourni celles de sa fortune.

MICHEL, *avec dépit*.

M. Boissu, vous avez une très-mauvaise langue.

BOISSU.

Mais, comme après tout mon cidre est bon, cela

forme compensation. (*Se tournant vers Jean qui est toujours appuyé sur son balai :*) Eh bien! fainéant, que fais-tu là au lieu d'achever ta besogne ?

JEAN.

Dame, j'écoute.

BOISSU.

Est-ce pour cela que je te paie et te nourris.

JEAN, *avec humeur.*

Eh bien! donnez-moi mon compte et un certificat; puis je partirai; j'irai dans ce pays où il y a tant d'or; au lieu de m'échiner ici pour de misérables gages, je ferai fortune.

BOISSU, *en levant les épaules.*

Pauvre imbécile !

(*Il s'éloigne de quelques pas.*)

JÉRÔME, *à demi-voix et s'adressant à Michel.*

Vous avez très-bien fait, voisin, de ne rien vouloir confier à ce rusé compère; mais à moi c'est différent, n'est-ce pas ?

MICHEL.

Oh ! sans doute.

JÉRÔME, *en s'approchant encore.*

Eh bien! Guillaume.....

MICHEL, *en élevant la voix.*

Il vous fait tous ses compliments.

(*Michel sort.*)

JÉRÔME, *le suivant des yeux.*

Tu te crois bien fin, marchand de farines fre-
latées! mais ton silence parle pour toi, et avant
une heure tout le village connaîtra ton secret.
Sans adieu, maître Boissu. (*Il sort.*)

BOISSU.

Pendant qu'ils vont chercher les moyens de
profiter de la fortune de Guillaume, je veux être
le premier à annoncer son retour au bon M. Vigneux; car, bien qu'il affecte de ne jamais parler
de notre aventurier, je suis sûr qu'il n'a pas cessé
de l'intéresser. Jean, je vais sortir, tu veilleras
avec soin pendant mon absence.

JEAN.

Oui, maître; mais mon certificat.

BOISSU.

Il est écrit.

JEAN.

Où donc?

BOISSU.

Sur ta figure. Va, paresseux, rien n'y manque.

(*Il sort.*)

SCÈNE II

JEAN, puis GUILLAUME.

JEAN, *son balai à la main, arpente à grands pas le théâtre.*

Je ne me laisserai plus traiter comme cela ; j'en ai assez de cette monnaie, et maître Boissu verra s'il lui est facile de me remplacer. On a du cœur, où l'on n'en a pas. Puisqu'il me loge, me nourrit, me paie, peut-être aussi parce qu'il donne parfois du pain à ma mère, il voudrait faire de moi un esclave ; eh bien ! non, mille fois non.

(*Il jette son balai, Guillaume qui entre manque de le recevoir entre les jambes, et Jean s'arrête tout confus.*)

GUILLAUME, *portant un costume de marin.*

Cette auberge appartient toujours à M. Boissu ?

JEAN.

Oui, monsieur.

GUILLAUME.

Il n'est pas chez lui ?

JEAN.

Non, monsieur ; mais je suis là pour vous servir.

GUILLAUME, *en souriant.*

En effet, je m'en suis aperçu.

JEAN.

Pardon, excuse, monsieur; mais je ne vous savais pas si près. (*A part :*) Cette figure-là ne m'est pas inconnue.

GUILLAUME, *de même.*

Pauvre Jean Basade, il a toujours l'air aussi nigaud qu'autrefois.

JEAN, *qui paraît examiner Guillaume avec attention.*

Que vous servirai-je? monsieur.

GUILLAUME.

Oh! du cidre!... C'est la boisson du pays.

JEAN, *à part.*

Je gagerais bien que c'est lui; mais comment le savoir? employons un moyen détourné. (*Haut :*) Monsieur, est-ce que vous ne vous appelleriez pas, par hasard, Guillaume Léger?

GUILLAUME, *à part.*

Peste soit de l'imbécile, j'espérais n'en pas être reconnu. (*Haut :*) Vous vous trompez, l'ami, mais j'ai rencontré dans mes voyages ce Guillaume Léger à qui l'on prétend que je ressemble.

JEAN, *à part.*

Il veut ruser avec moi; mais c'est égal, je saurai ce que je veux savoir. (*Haut :*) Un heureux mortel que ce Guillaume, allez, il a été dans un

6

pays où l'or pousse comme les champignons, aussi
il en est revenu mille fois millionnaire.

GUILLAUME.

Vraiment !

JEAN, *à part.*

Il ne me dément pas !

GUILLAUME.

Guillaume m'a souvent parlé de son village, des
amis qu'il y avait laissés.

JEAN, *vivement.*

Alors il vous aura parlé de moi ?

GUILLAUME, *avec émotion.*

Il paraissait s'intéresser beaucoup à un vieillard
qui lui a servi de père.

JEAN.

Pierre Vigneux, le maître d'école ?

GUILLAUME.

Lui-même. Vit-il.... encore ?

JEAN.

Il se porte comme vous et moi.

GUILLAUME, *vivement.*

Oh ! merci, mon Dieu !

JEAN, *à part.*

Je vas t'apprendre à vouloir cacher ton nom, va.
(*Haut :*) Si vous voyez le vieux, n'allez pas lui
parler de Guillaume, au moins.

GUILLAUME.

Pourquoi donc ?

JEAN.

Il ne veut pas seulement entendre prononcer son nom.

GUILLAUME.

Comment ! lui qui autrefois était si bon pour le pauvre orphelin !

JEAN.

C'est comme cela.

GUILLAUME, *se laissant tomber sur un siège et appuyant son front sur sa main.*

Ah ! un tel ressentiment est affreux, et cependant je n'ai pas le droit de m'en plaindre.

JEAN, *après avoir regardé un instant Guillaume en silence.*

Je vais vous chercher une bouteille de cidre, monsieur, et de notre meilleur. (*Il sort.*)

8 8

SCÈNE III

GUILLAUME, *seul.*

GUILLAUME, *se levant.*

Oh ! mon bienfaiteur, mon père adoptif, aurais-je perdu votre affection sans retour ! Cette ter-

rible crainte empoisonne tout le plaisir que je
m'étais promis en passant quelques instants ici.
Et cependant combien de fois dans mon triste
exil la seule pensée de revoir ce pays a fait tressaillir mon cœur de joie ? Ai-je assez maudit mon
entêtement, ma folie, d'avoir repoussé le simple
bonheur qui était à ma porte pour aller chercher au loin les aventures, les richesses qui sédui-
saient tant mon imagination ! Je leur ai sacrifié
les plus chères affections, et je connais aujour-
d'hui tout ce que l'éloignement, l'abandon, ont
de plus amer. L'or même a-t-il de quoi compenser
de telles douleurs ?

(*On entend des cris au-dehors.*)
Guillaume, vive Guillaume ! où est-il, où est-il ?

GUILLAUME, *avec surprise.*
Qu'est-ce que cela ? c'est moi qu'on cherche.

❈❈

SCÈNE IV

GUILLAUME, JÉROME, MICHEL, JEAN,
MARTIN, *Paysans.* (*Ils entrent tous à la fois
et entourent Guillaume.*)

MICHEL.
C'est bien à vous, cousin, de ne pas avoir

oublié la route qui conduit à notre village et les
parents qui sont si heureux de votre retour.

JÉRÔME.

Cela va être une fête dans le pays. (*S'adressant
aux paysans :*) N'est-ce pas, vous autres ?

PLUSIEURS VOIX.

Oui, oui, vive Guillaume Léger !

MICHEL.

Cousin, vous vous souvenez, je l'espère, de
notre ancienne affection ?

MARTIN.

J'ai toujours prédit que Guillaume serait l'honneur du village.

GUILLAUME.

Mes bons amis, je suis vraiment touché de la
cordialité de votre accueil. (*A part :*) C'est à n'y
rien comprendre..

JÉRÔME.

J'ai déjà annoncé votre retour à ma femme et
à mes enfants, et ils vous attendent.

MICHEL.

Quant à cela, voisin, vous ne comptez sûre-
ment pas accaparer Guillaume pour vous seul?

JÉRÔME.

J'y ai tout autant de droits que vous, ce me
semble.

MARTIN.

Guillaume doit bien connaître ses véritables amis, il n'a qu'à se rappeler le passé.

JÉRÔME, *bas à l'oreille de Guillaume.*

J'ai une affaire magnifique à vous proposer.

MICHEL.

Ce que j'ai à dire, moi, tout le monde peut l'entendre. Tu sais, cousin, que la bourse du meunier passe pour être bien garnie, eh bien elle est à ta disposition.

JÉRÔME, *avec ironie.*

Quelle générosité!

GUILLAUME.

Je vous remercie, Michel, quoique je n'aie pas le dessein de profiter de votre offre.

JEAN.

Je crois bien, quand on a de l'or plein ses poches.

GUILLAUME.

J'étais bien loin de m'attendre, mes chers amis, à la joie que vous cause mon retour, je craignais même.....

MICHEL.

Tu ne doutais pas d'un parent, j'espère; mais nous ne pouvons souffrir que tu restes plus long-temps dans cette auberge, j'ai promis à ma femme et à ma fille de t'emmener, et elles t'attendent.

GUILLLAUME.

Je vous remercie, mon bon Michel ; mais comme je n'ai que quelques heures à passer ici....

JÉRÔME.

Comment ! quelques heures !.... nous le retiendrons.

QUELQUES VOIX.

Oui, nous le retiendrons, nous le retiendrons.

(*Michel et Jérôme s'emparent chacun d'un bras de Guillaume.*)

MARTIN, *qui s'est approché par-derrière, bas à l'oreille de Guillaume.*

Méfiez-vous de ces enjôleurs, ils ont des desseins sur vous.

MICHEL.

Qu'est-ce qu'il dit donc, ce berger de malheur ?

MARTIN, *avec colère.*

Ce berger de malheur voit clair, mes maîtres, et c'est là ce qui vous gêne.

JEAN.

Ils vont l'emmener, est-ce dépitant ! si j'avais su cela, je ne leur aurais certes pas annoncé son arrivée. (*A Guillaume :*) Et le cidre que vous m'aviez demandé ?

GUILLAUME.

Eh bien ! tu le boiras.

JEAN.

Cela ferait joliment le compte du maitre.

GUILLAUME, *fouillant dans sa poche.*

Voilà de quoi le payer.

(*Ils sortent tous à l'exception de Jean.*)

JEAN, *avec joie.*

C'est sans doute une pièce d'or ! (*Il regarde :*)
Non , c'est une pièce de dix sols.

※ ※

SCÈNE V

JEAN, BOISSU.

BOISSU, *entrant par l'une des portes latérales.*

Impossible de le rencontrer ; et cependant j'aurais voulu être le premier à lui annoncer la grande
nouvelle, à plaider la cause de Guillaume auprès
de son père adoptif.

JEAN, *à part en regardant son maître.*

Je vais joliment l'intriguer. (*Haut :*) Monsieur.

BOISSU, *sans l'entendre.*

Personne n'a connu comme moi tout ce que
l'abandon de Guillaume a eu de pénible pour le
pauvre vieillard.

JEAN.

Monsieur.

BOISSU.

Regrets d'autant plus affreux qu'il s'efforçait de les dissimuler.

JEAN, *criant.*

Monsieur Boissu.

BOISSU.

Eh bien, que veux-tu ?

JEAN.

Devinez qui est venu ici pendant votre absence ? Un homme qui a fait du chemin, allez, et il peut dire celui-là qu'il n'en a pas été pour ses pas.

BOISSU, *vivement.*

Guillaume est ici, tu l'as vu ?

JEAN.

Comment avez-vous deviné cela tout de suite ?

BOISSU.

Que t'a-t-il dit ?

JEAN, *d'un air important.*

Oh ! bien des choses. D'abord il m'a dit qu'il n'était pas Guillaume Léger.

BOISSU.

Eh imbécile, tu te trompais peut-être ?

JEAN.

C'est-à-dire qu'il aurait pu en tromper un autre; mais moi c'était différent, et, en le pressant de questions, j'ai fini par savoir qu'il revenait mil-

lionnaire et que l'or pousse en Californie comme
ici les champignons. Puis tout le village que j'avais
prévenu est accouru; ils ont crié : Vive Guillaume, vive Guillaume! et l'ont emporté en triomphe.

BOISSU.

Comment! porté en triomphe?

JEAN.

Oui, Jérôme lui tenait le bras d'un côté, et le
meunier de l'autre; mais est-ce que vous ne les
avez pas rencontrés?

BOISSU.

Non, je suis revenu par le petit chemin qui est
derrière la maison.

SCÈNE VI

Les précédents; PIERRE VIGNEUX.

PIERRE VIGNEUX, *paraissant fort ému.*

Vous êtes venu chez moi pendant que j'étais
absent, mon cher voisin?

BOISSU, *à Jean.*

Je n'ai pas besoin de toi, va travailler. (*Jean
sort.*) Qu'avez-vous donc, M. Vigneux, on dirait
que vous tremblez?

PIERRE VIGNEUX.

Moi ! vous vous trompez, mon ami, je suis calme, très-calme en vérité.

BOISSU.

Vous-vous soutenez à peine. (*Il avance un siège au vieillard qui s'y laisse tomber.*) Je vois qu'il ne me reste plus rien à vous apprendre.

PIERRE VIGNEUX, *s'essuyant le front.*

C'était donc pour m'annoncer cette arrivée que vous me cherchiez ?

BOISSU.

Oui, il me semblait que pour apprendre le retour d'*un fils* à son *père* il fallait la voix d'un ami.

PIERRE VIGNEUX.

Dans le cas dont il s'agit il y a bien eu autrefois un père, mais il n'y eut jamais de fils.

BOISSU.

Ah ! voisin, vous êtes injuste envers Guillaume, si vous mettez en doute son affection.

PIERRE VIGNEUX, *avec force.*

Qu'est-ce, mon ami, je vous le demande qu'une affection qui se manifeste seulement en paroles et que les actions viennent sans cesse démentir ? Cette affection a repoussé mes conseils, mes prières; mes larmes mêmes l'ont trouvé inflexible, car, vous le savez, je redoutais pour ce jeune

homme, plus léger encore de caractère que de
nom, l'effet d'une trop précoce liberté, je craignais que cette soif de richesses dont je le voyais
dévoré ne l'entraînât dans de coupables excès.
J'essayai de lui montrer quelles misères phy-
siques et morales l'attendaient peut-être dans
cette Californie, où tous les vices ont acquis
droit d'asile; mais il refusa obstinément de m'é-
couter. Je ne lui parlai pas des regrets auxquels
ce départ, cet abandon, allaient condamner ma
vieillesse; si son cœur ne lui en faisait pas le
reproche, ma bouche à cet égard devait rester
muette.

BOISSU.

Je sais, M. Vigneux, que tous les torts furent
du côté de Guillaume, et il serait prêt sans doute
à en convenir lui-même. Mais enfin le voici de
retour, ses désirs de fortune se sont réalisés, on
le dit riche, très-riche; et si votre pardon seul
devait manquer à son bonheur vous ne voudriez
pas le lui refuser.

PIERRE VIGNEUX.

Il y tient peu, je pense. Dans tous les cas,
puisse-t-il faire un meilleur usage de ses richesses
présentes que de celles que Dieu lui avait dé-
parties; la jeunesse, la force, l'intelligence qu'il
ne voulut jamais, malgré mes conseils, employer
à des travaux utiles. Je suis un vieillard, mon
bon voisin, et à l'homme qui approche de la fin

de sa carrière il doit être permis d'envisager les
choses sous un autre point de vue qu'on ne le
fait communément. Guillaume eût-il en sa pos-
session tous les trésors du Pérou, si au lieu de
se corriger de ses défauts il en contracte de nouveaux, je trouve son sort plus à plaindre qu'à
envier. Dieu se sert souvent de l'adversité pour
épurer nos cœurs; mais s'il consent au contraire
à en satisfaire les désirs déréglés, j'y vois plutôt
un effet de sa colère que de sa bonté.

BOISSU.

Du moins, M. Vigneux, attendez la conduite
future de votre fils adoptif pour le condamner.
Mais, tenez, je suis certain que lorsque vous
verrez Guillaume, sa présence aura plus de pouvoir pour plaider en sa faveur que toutes mes
paroles.

PIERRE VIGNEUX.

Je l'ai vu, Boissu.

BOISSU, vivement.

Où donc?

PIERRE VIGNEUX.

En venant chez vous, il y a un instant.

BOISSU.

C'est donc cela que vous étiez si ému?

PIERRE VIGNEUX.

Moi! vous vous trompez, j'étais simplement
étonné.

BOISSU.

Et que vous a-t-il dit, M. Vigneux ? comment
l'avez-vous accueilli ?

PIERRE VIGNEUX.

Toute son attention était captivée par ceux qui
l'entouraient, le portaient presque, et dont les
voix faisaient retentir le cri de : Vive Guillaume !
Il m'a paru très-orgueilleux d'une pareille ova-
tion ; comment après cela eût-il aperçu, dans la
foule, un pauvre vieillard dont le regard eût pu
lui dire : Ingrat !

BOISSU.

C'est égal, M. Vigneux, croyez-moi, ne le con-
damnez pas trop sévèrement ; j'espère encore
qu'il pourra se justifier à vos yeux.

PIERRE VIGNEUX.

Je ne le condamne pas, mon ami, j'attends.

BOISSU, *vivement.*

Et vous êtes prêt à lui ouvrir vos bras ?

PIERRE VIGNEUX.

Vous ne me comprenez pas, mon cher voisin,
j'attends sa conduite ultérieure, elle aura en moi
un juge impartial ; seulement on ne verra jamais
Pierre Vigneux se ranger au nombre des ado-
rateurs de sa nouvelle fortune.

BOISSU.

Mais ce ressentiment blesse votre propre cœur,
M. Vigneux.

PIERRE VIGNEUX.

La main qui a fait la blessure est souvent in-
habile à la guérir.

(*On entend au-dehors la voix de Guillaume
qui dit* : Ton maître est-il de retour, Jean ?)

PIERRE VIGNEUX, *vivement.*

C'est lui ! j'ai reconnu sa voix. Adieu, voisin,
je ne puis le voir dans un tel moment, adieu.

(*Il se dirige vers une des portes latérales que
Boissu s'empresse d'ouvrir.*)

&⁊

SCÈNE VII

BOISSU, GUILLAUME.

GUILLAUME.

Ah ! mon cher Boissu, que j'avais hâte de vous
serrer les mains et d'entendre aussi de votre
bouche ces assurances de joie, de bonne amitié
qui accueillent de toutes parts mon retour ici.
Vous m'en voyez aussi surpris qu'enchanté ; je
n'aurais jamais cru qu'un voyage lointain me
donnât une telle importance auprès de mes compatriotes. C'est à qui me fera le plus d'offres
de services, je pourrais à volonté puiser dans
toutes les bourses. Dites-moi donc, mon cher

Boissu, quel vent a passé sur ce village pour
rendre complaisants et généreux à ce point des
hommes comme Michel le meunier et le fermier
Jérôme?

BOISSU.

Ma foi, mon garçon, c'est plus que je n'en
pourrais t'apprendre, à moins que nous ne l'ap-
pellions le vent de l'égoïsme et de l'intérêt; ce
vent-là souffle un peu partout. (*Avec ironie :*)
Mais le pays d'où tu viens fait peut-être exception.

GUILLAUME, *vivement.*

C'est-à-dire, M. Boissu, que tous les égoïsmes,
toutes les cupidités, toutes les jalousies, toutes les
vengeances semblent s'être réunis dans ce lieu.

BOISSU.

Bah! vraiment; mais l'or console de toutes ces
misères, n'est-ce pas?

GUILLAUME, *tristement.*

L'or! il semble que Dieu ait voulu le placer
en profusion dans ce coin de la terre, afin de
nous prouver de combien de crimes il peut devenir la source, tandis que seul il est impuissant
à faire notre bonheur.

BOISSU.

Je vois, mon garçon, que tu dois te retrouver
avec plaisir dans notre modeste village et qu'à
l'avenir tu seras moins disposé à le quitter.

GUILLAUME.

Vous vous trompez, M. Boissu, dans quelques heures, au plus tard demain matin, je m'embarquerai, et cette fois pour n'y plus revenir peut-être !

BOISSU, *avec un peu d'humeur.*

Ah ! cela, mais tu es donc piqué de la tarentule ? Et moi qui te croyais corrigé de ton humeur vagabonde ! Peut-on savoir où M. Guillaume Léger compte maintenant porter ses pas ? A-t-on découvert sur une autre partie du globe de nouvelles mines d'or qu'il lui faille encore aller exploiter ?

GUILLAUME.

Ne m'interrogez pas, mon ami, car je ne puis satisfaire votre curiosité; qu'il vous suffise de savoir.....

BOISSU.

Achève.

GUILLAUME.

Non, je ne saurais vous avouer le secret, il doit rester caché dans mon cœur.

BOISSU, *avec dépit.*

A ton aise, garçon, chacun est le maître de sa langue; mais je m'aperçois que les années ne t'ont pas donné plus de poids; et Pierre Vigneux avait raison : Léger tu étais, léger tu seras.

GUILLAUME, *avec émotion*.

Pierre Vigneux ! c'est de lui surtout que je voulais vous parler ; croyez-vous, M. Boissu, qu'il veuille ouvrir son cœur, ses bras à celui qu'il a pu justement accuser d'ingratitude, et qui cependant, je le jure, malgré les erreurs qu'il se reproche, n'a jamais cessé d'avoir pour son respectable bienfaiteur une tendresse filiale.

BOISSU.

Tendresse que tu t'apprêtes à lui prouver en l'éloignant de nouveau.

GUILLAUME.

Il le faut, Boissu, il le faut.

BOISSU.

C'est précisément ce que tu disais il y a quatre ans.

GUILLAUME.

Oh ! alors !... mais vous ne m'avez pas répondu, mon ami, Pierre Vigneux m'a-t-il pardonné ?

BOISSU.

Non.

GUILLAUME, *avec douleur*.

Ainsi lui seul se montre inexorable ! et lorsque chacun ici a paru accueillir ma présence avec plaisir, que des indifférents, des hommes qui n'avaient jamais fait preuve à mon égard que d'inimitié, s'empressent à l'envi de me serrer

la main, de me souhaiter la bien-venue, Pierre
Vigneux s'obstine à me repousser.

BOISSU.

Dame, mon garçon, il dit pour ses raisons qu'il
faudrait du moins que le présent et l'avenir ra-
chetassent le passé. Le bruit s'est répandu ici
que tu avais fait une bonne moisson d'or dans
la Californie ; or M. Vigneux veut voir d'abord
l'usage que tu feras de ta nouvelle fortune.

GUILLAUME, *avec amertume.*

Ainsi cette fortune seule pourrait m'aider à
obtenir ma grace ?

BOISSU.

N'est-ce pas afin de l'acquérir que tu as abandonné le bon vieillard qui t'avait élevé ?

GUILLAUME, *baissant la tête.*

Vous avez raison, M Boissu, mais je n'étais
pas habitué à voir mon père adoptif régler sa
conduite d'après les mêmes motifs que le reste
des hommes.

BOISSU.

Ma foi, je ne sais pas si je te rapporte au juste
ses paroles ; mais il m'a paru au moins que tel
était le fond de sa pensée.

GUILLAUME, *avec accablement.*

Il me faudra alors quitter de nouveau ce pays
sans emporter la bénédiction de mon bienfaiteur !

et cependant je comptais sur elle pour m'aider à traverser les périls qui m'attendent sans doute encore.

BOISSU.

Pourquoi partir alors ?

GUILLAUME.

Parce qu'il le faut, mon ami. Adieu.

BOISSU.

Comment! déjà ?

&-&

SCÈNE VIII

Les précédents; JÉROME, MICHEL, MARTIN, JEAN, *Paysans.*

BOISSU.

Vous arrivez en temps, ma foi, pour m'aider à retenir le déserteur.

JÉRÔME et MICHEL.

Comment! Guillaume?....

BOISSU.

Il veut nous quitter.

TOUS.

Nous ne le souffrirons pas, nous le retiendrons de force s'il le faut. Oui, oui, nous emploierons la force.

GUILLAUME.

Je ne puis, mes bons amis.....

MICHEL.

Que te manque-t-il ?

GUILLAUME, *hésitant.*

Mes effets.

MICHEL.

Nous t'en prêterons.

GUILLAUME, *avec effort.*

Ma bourse même, tout est resté à bord.

JÉRÔME.

Tu peux puiser dans la mienne.

JEAN.

Est-il heureux ce garçon-là !

MARTIN, *à part.*

Il m'a l'air furieusement embarrassé ; il y a du louche là-dessous, il faut que j'observe.

BOISSU, *à Guillaume.*

Tu vois bien qu'il faut céder.

GUILLAUME.

Eh bien, je resterai une heure encore. (*A part :*) Dieu sait quelles en seront les suites.

MICHEL.

A la bonne heure donc; voisin Boissu, Jean, allons du vin, c'est moi qui paie; il faut boire

à la santé du voyageur et fêter son retour parmi
nous.

JEAN.

Quoi ! c'est vous, meunier, qui payez ?

MICHEL.

Oui, qu'est-ce que tu as à dire à cela ?

JEAN, *très-haut.*

Je pars demain pour la Californie.

FIN DU PREMIER ACTE.

ACTE DEUXIÈME

La décoration n'a pas changé.

SCÈNE I

Le capitaine LEDUN, MARTIN, JEAN.

(*Ledun et Martin sont assis auprès d'une table à droite du spectateur; ils parlent à voix basse, et Jean cherche à entendre leur conversation.*)

LEDUN.

Vous êtes bien sûr, mon ami, que le nommé Guillaume Léger n'a point quitté ce village?

MARTIN.

Je vous dis qu'hier soir, il était ici avec les principaux habitants qui fêtaient son retour, buvaient à sa santé; mais comme je ne suis, moi, qu'un pauvre berger, ils ont *oublié* de m'engager à boire avec eux.

LEDUN.

Vous connaissez ce jeune homme depuis longtemps?

MARTIN.

Depuis sa naissance.

LEDUN.

Et quelle est votre opinion sur son compte?
qu'en pense-t-on généralement dans le pays ?

MARTIN.

De quelle époque voulez-vous parler, d'abord?

LEDUN.

Peu importe l'époque, lorsqu'il s'agit de l'honneur d'un homme.

MARTIN.

C'est qu'il y a bien des gens qui me paraissent
aujourd'hui avoir changé d'opinion à son sujet.
Dame, c'est l'effet de la fortune. Autre chose est
de revenir riche, ou de partir pauvre.

LEDUN.

Et, selon vous, Guillaume Léger est dans ce
premier cas ?

MARTIN.

Il le dit, au moins.

LEDUN, *vivement.*

En êtes-vous bien sûr ?

MARTIN.

Chacun ici sera prêt à vous l'affirmer. Après
cela vous en savez peut-être plus long sur son
compte que nous tous; s'il en est ainsi, vous
pouvez m'en parler sans crainte, Martin le ber-

ger est reconnu dans le pays pour un homme
discret et prudent. (*Apercevant Jean qui cherche à écouter :*) Mais il y a ici d'autres oreilles
que les miennes. (*Il lui montre Jean.*)

LEDUN, *à demi-voix.*

Je n'ai encore que des soupçons ; mais il m'importe beaucoup de les éclaircir..... (*Voyant Jean
qui s'approche davantage, il baisse encore la
voix et Martin fait un geste de surprise.*)

JEAN.

Je voudrais bien tout de même savoir ce qu'ils
disent: pour sûr, j'ai entendu le nom de Guillaume.

MARTIN, *à demi-voix.*

Que m'apprenez-vous là !

LEDUN, *de même.*

Vous comprenez qu'il est urgent pour moi de
connaître ses projets ; je ne suis pas sans inquiétude, et cependant il faut qu'il l'ignore ; puis-je
compter sur vous pour surveiller tous ses mou-
vements et m'en rendre compte ? Vous verriez que
je sais reconnaître un service.

MARTIN.

Je vous le promets. Mais en vérité je ne reviens
pas de ma surprise.

LEDUN.

Ne perdez pas un moment ; je vais prendre une
chambre dans cette auberge pour quelques heures;

car en restant dans cette salle commune , je serais
exposé à l'y rencontrer. Si vous avez quelque
chose de nouveau à m'apprendre , vous deman-
derez le capitaine Ledun.

MARTIN.

Cela suffit.

LEDUN, à Jean.

J'ai besoin d'être seul ; pouvez-vous disposer
d'une chambre ?

JEAN.

Oui, monsieur. (A part :) Je vais peut-être
savoir quelque chose ; dans tous les cas je lui
dirai de se méfier du berger.

(Ledun et Jean sortent.)

❧

SCÈNE II

MARTIN , seul.

En voilà une nouvelle ! Fiez-vous après cela à
tous ces bavardages. C'est égal, s'il compte sur
moi, le marin, pour faire de la peine à Guillaume
il se trompe. S'il s'agissait de ce cancre de meunier, à la bonne heure ; car j'ai plus d'un compte
à régler avec lui. Oh ! il me vient une idée ! c'est
cela qui ferait bien les affaires de Guillaume et
les miennes ! et maître Michel aurait beau jeu

alors de m'appeler berger de malheur. Si Guillaume veut m'aider, le tour ne sera peut-être pas
si difficile, et après tout il ne fera que profiter
des bonnes dispositions qu'on lui montre. Ainsi
où serait le mal? Je ne serais pas fâché d'ailleurs
de lui prouver qu'on connaît un peu ses affaires.

(Il sort.)

☙☙

SCÈNE III

PIERRE VIGNEUX, puis BOISSU.

PIERRE VIGNEUX.

Je ne saurais commander plus long-temps à
mon agitation; il m'est impossible de demeurer
chez moi; cette longue attente, toujours trompée,
est devenue intolérable; car en dépit de ma raison, et malgré mes défenses, je l'attendais, j'espérais le voir! L'ingrat! songe-t-il seulement au
vieillard qui a pris soin de son enfance? dont la
sollicitude, la tendresse toute paternelle ne se
sont jamais démenties, et qui même aujourd'hui
s'efforce vainement de les arracher de son cœur?
(*Avec force* :) Mais j'y parviendrai; oh! oui, je
rendrai indifférence pour indifférence, et l'on ne
me verra pas disputer son affection aux flatteurs
altérés par sa nouvelle fortune. (*Boissu paraît*

dans le fond.) Agir autrement, serait une impardonnable faiblesse. Mais.... si je pouvais seulement le voir, l'entendre, sans que de son côté il m'aperçût, il me semble qu'alors mon âme serait plus tranquille.

BOISSU, *à part.*

J'en étais sûr.

PIERRE VIGNEUX.

Ah! cachons du moins à tous les yeux ce lâche désir.

BOISSU, *s'avançant.*

Pourquoi cela, M. Vigneux? Laissez la honte à l'ingrat; et quand lui paraît oublier vos bienfaits, vous n'en avez que plus de mérite à l'aimer encore.

PIERRE VIGNEUX.

Non, Boissu, je rougis de ma faiblesse.

BOISSU.

Si vous désirez réellement voir Guillaume, la chose est facile, il vient de ce côté avec Martin le berger : entrez dans ce cabinet, et non-seulement vous le verrez, mais encore pas une de ses paroles ne sera perdue pour vous.

PIERRE VIGNEUX, *avec émotion.*

Il vient, dites-vous?

BOISSU, *après avoir regardé à la porte.*

Ils sont à deux pas.

PIERRE VIGNEUX, *d'un ton agité.*

Que faire ?

BOISSU.

Suivre mon conseil.

PIERRE VIGNEUX.

Mon ami, j'y consens.

(*Boissu fait entrer le vieillard dans le cabinet qui est à gauche du spectateur, et se dirige
ensuite du côté opposé.*)

SCÈNE IV

GUILLAUME, MARTIN.

GUILLAUME.

Ta science de sorcier est inutile avec moi, je
t'en préviens; ainsi sois bref : que sais-tu ? qu'as-
tu à m'apprendre ?

MARTIN.

Des choses que vous ne vous souciez guère que
l'on sache, puisque vous avez mis un si grand soin
à les cacher.

GUILLAUME, *avec impatience.*

T'expliqueras-tu, enfin ?

MARTIN, *avec ironie.*

C'est un beau pays, n'est-ce pas, que la Californie, et l'on en revient riche et heureux ?

GUILLAUME.

Que t'importe ?

MARTIN.

C'est que j'ai l'intention de m'embarquer l'un de ces jours.

GUILLAUME.

Parles-tu sérieusement ?

MARTIN.

Sans doute.

GUILLAUME.

Eh bien, alors, écoute les conseils d'un homme qui s'est repenti trop tard d'avoir repoussé ceux de son bienfaiteur, de son meilleur ami ! Reste dans ton village, travaille, supporte courageusement les misères qui viennent parfois t'assaillir, en te disant qu'elles ne sont rien auprès de celles qui t'attendraient sur cette terre maudite. Ici, du moins, le pain que tu gagnes est à toi, tu n'as pas à le défendre contre toutes les cupidités, toutes les jalousies, toutes les vengeances. Ta vie est en sûreté, tu dors tranquille à l'abri de ton modeste toit sans craindre l'assassin, ou bien encore l'incendiaire qui se glisse dans l'ombre et vient détruire dans une nuit le fruit des plus pénibles, des plus cruels labeurs !

MARTIN, *toujours avec la même ironie*

Mais toi, Guillaume, tu n'as pas eu à lutter contre tous ces malheurs, puisque tu es revenu riche, fort riche même.

GUILLAUME, *avec agitation.*

Tu sais le contraire; comment l'as-tu appris, je l'ignore; eh bien, sache aussi que toutes les misères que je t'ai dépeintes, je les ai éprouvées, qu'il s'y joignait pour combler la mesure des regrets déchirants, que pendant de longs jours, le chagrin, la maladie m'ont cloué sur un grabat, où je manquais même de l'eau nécessaire pour étancher ma soif. Le désir de revoir ma patrie, de respirer ici quelques instants, de venir y chercher un pardon et une bénédiction, a pu seul prolonger ma misérable existence; mais il me fallait partir, il le fallait à tout prix.....

(*Pendant que Guillaume parlait on a vu s'agiter plusieurs fois la porte du cabinet.*)

MARTIN.

Eh bien, tu n'achèves pas ?

GUILLAUME, *avec tristesse.*

A quoi bon !

MARTIN.

Je le ferai pour toi, alors. Ne possédant pas l'argent nécessaire à ton retour, tu as vendu ta liberté pour deux ans.

GUILLAUME, *vivement.*

Qui a pu te dire ?....

MARTIN.

Puisque tu ne veux pas croire à ma science de

sorcier, je te dirai en deux mots que c'est un
marin appelé le capitaine Ledun qui m'a tout
appris.

GUILLAUME.

Où l'as-tu vu?

MARTIN.

Ici.

GUILLAUME, *avec amertume.*

Craint-il donc que je lui manque de parole?

MARTIN.

Un peu, je crois; mais écoute un bon avis, mon
garçon, et du reste je te crois très-disposé à en
profiter. Tout le monde dans ce village est convaincu que tu as rapporté assez d'or pour vivre
en seigneur le reste de ta vie.

GUILLAUME.

Je ne sais comment cette opinion s'est accré-
ditée; mais ne devant passer dans mon pays que
de courts instants, j'ai eu la faiblesse de ne pas
la détruire.

MARTIN.

Il s'agit au contraire d'en profiter. Moyennant
une somme de quinze cents francs, tu peux rompre
ton engagement avec le capitaine, il faut que
Michel te les compte sans retard.

GUILLAUME.

Y songes-tu, Martin?

MARTIN.

J'y songe depuis une heure, et si tu veux me

seconder, ce cancre de meunier paiera les frais
de route ; tu lui rendras cela lorsque tu auras eu
le temps de changer ton or, ou pour mieux dire
d'en gagner.

GUILLAUME.

Et sais-tu le nom que mériterait une telle conduite ?

MARTIN.

Il s'agit avant tout de profiter de l'erreur géné-
rale pour sortir d'une mauvaise position.

GUILLAUME.

Et se faire justement accuser d'escroquerie,
n'est-ce pas ? Mais ta proposition était une épreuve,
j'en suis certain.

MARTIN, *brusquement.*

Non, j'ai eu plus d'une fois à me plaindre du
meunier, et j'espérais que tu m'aiderais à me
venger ; mais puisque tu fais le délicat, tu n'aurais
pas dû te laisser passer pour riche, cela m'a fait
penser que tu avais tes raisons.

GUILLAUME, *avec douleur.*

Je n'étais mu que par une vanité que je me
reproche maintenant bien amèrement, puisqu'elle
a pu faire naître des soupçons aussi déshonorants
pour moi.

MARTIN.

N'en parlons plus, mon garçon, tu es certai-

nement le maître de ta destinée, le capitaine
Ledun m'a paru un homme très-aimable.

GUILLAUME.

C'est-à-dire que son exigence, sa sévérité sur-
passent tout ce que l'on peut imaginer, et que la
place de commis que je remplis à son bord m'ex-
pose sans cesse à sa mauvaise humeur.

MARTIN.

Enfin cela te plaît, chacun son goût dans ce
monde; il faut avouer seulement que nous en dif-
férons un peu.

GUILLAUME.

Et il en est de même de nos sentiments.

MARTIN.

C'est possible; mais je n'ai encore trompé personne, et je ne me suis jamais vendu. (*Il sort.*)

8 8

SCÈNE V

GUILLAUME, puis PIERRE VIGNEUX.

GUILLAUME, *seul.*

Quelle humiliation! grand Dieu! me voir en
butte au mépris de cet homme, qui voulait me
déshonorer! voilà donc où devaient aboutir mes
folles ambitions! Oh! mon respectable ami, vous

me l'aviez bien dit : « Tu regretteras un jour cette existence simple et modeste que tu dédaignes ; mais alors il sera trop tard, et des regrets impuissants viendront encore ajouter à tes misères. » Nul doute que Martin ne mette un méchant plaisir à publier partout ce qu'il a surpris de mes tristes secrets. Ah! fuyons avant qu'on ne vienne me reprocher peut-être ma duplicité.

(*Il va pour sortir, mais Pierre Vigneux, qui a ouvert doucement la porte du cabinet, se trouve devant lui; Guillaume fait quelques pas en arrière et se couvre le visage avec ses deux mains.*)

PIERRE VIGNEUX.

Où veux-tu aller?

GUILLAUME, *d'une voix concentrée.*

Loin des regards que je ne puis supporter sans rougir.

PIERRE VIGNEUX.

Et ce pardon, cette bénédiction qu'il te fallait à tout prix.

GUILLAUME, *vivement.*

Grand Dieu! vous avez entendu!

PIERRE VIGNEUX.

Tout ; j'étais dans ce cabinet.

GUILLAUME.

Ah! je n'ose lever les yeux sur vous.

PIERRE VIGNEUX, *avec émotion.*

Tu ne verras donc pas que je te pardonne et le bénis.

GUILLAUME, *se jetant aux genoux de Pierre Vigneux.*

Ah! mon père, qu'avez-vous dit!

PIERRE VIGNEUX.

Je te pardonne et te bénis, pauvre enfant, car la misère a racheté ta faute, et l'adversité a, je l'espère, purifié ton cœur. Mieux vaut, crois-moi, revenir pauvre et corrigé que riche et corrompu.

GUILLAUME, *avec chaleur.*

Ah! merci, mon père, merci. Il me semble qu'à présent je serai plus fort contre le malheur; vous avez délivré mon âme d'un pesant fardeau, je suivrai le capitaine Ledun, et j'accepterai les nouvelles misères qui m'attendent comme une expiation de la faute que j'avais commise en vous abandonnant. Dieu m'accordera peut-être la grace de revoir encore mon pays; et alors, oh! alors, ce sera pour ne plus le quitter.

SCÈNE VI

GUILLAUME, BOISSU, JÉROME, MICHEL,
MARTIN, JEAN, Paysans.

(*Pierre Vigneux sort en passant derrière eux
sans être aperçu.*)

JÉRÔME.

Au fait, cela ne m'étonne pas, ce garçon là a
toujours été rempli de ruses et de malices, et ces
nouveaux mensonges.....

BOISSU.

Alte-là, voisin, et ne faites pas le diable plus
noir qu'il ne l'est. Dire que Guillaume a toujours
eu une mauvaise tête, c'est vrai; mais pour men-
teur il ne l'était pas.

MICHEL.

Il aura du moins gagné cela dans son voyage
à défaut de richesses.

JÉRÔME.

Vous pouvez vous vanter de votre parenté,
meunier, et je vous en fais mon sincère compli-
ment.

MICHEL.

Elle est si éloignée que je sais à peine si elle
existe. C'est une honte de tromper ainsi la bonne
foi des gens.

9

GUILLAUME.

Personne ne peut affirmer ici que j'aie dit ou fait quelque chose qui tendît à le tromper, votre imagination seule a créé une erreur que j'aurais dû dissiper.

JEAN.

Pourquoi m'avoir laissé croire que vous étiez mille fois millionnaire, si bien que j'ai demandé mon congé à M. Boissu afin d'aller aussi en Californie.

BOISSU.

Est-ce que j'y ai fait attention, pauvre garçon ?

JEAN, *avec joie.*

Vous ne me le donnerez donc pas ?

BOISSU.

Si tu n'étais plus là, je n'aurais personne pour supporter ma mauvaise humeur.

JEAN.

Ah ! monsieur, que vous êtes bon !

JÉRÔME.

Depuis hier, il y a guerre dans mon ménage.

BOISSU.

Vous vouliez donc aussi aller en Californie, voisin ?

JÉRÔME, *avec embarras.*

Mais non, c'était une idée que ma femme s'était mise en tête.

MICHEL.

Aussi, c'est indigne de nous avoir abusés ainsi.

TOUS.

Oui, c'est indigne, c'est indigne.

GUILLAUME, *avec amertume.*

Voilà ceux qui criaient hier : Vive Guillaume !
Ah ! qu'il eût été plus vrai de crier : Vive la
fortune !

MARTIN.

Ces gens-là vont s'enrouer, meunier; est-ce
que vous n'allez pas leur payer à boire ?

MICHEL.

Cela ne te regarde pas, toi.

MARTIN.

Dame, hier, c'était pour fêter le retour de
Guillaume; aujourd'hui vous fêterez son départ,
car le capitaine à qui il s'est vendu ne tardera
pas à venir le réclamer.

GUILLAUME, *avec indignation.*

Misérable ! ne crains-tu pas que je révèle le
moyen que tu m'avais indiqué pour échapper à
ma triste situation.

MARTIN.

Moi, je proteste d'avance contre tout ce que tu
peux dire, et personne ici ne te croira.

GUILLAUME.

Ah ! c'est par trop d'impudence.

MARTIN.

Du calme, mon garçon, voici votre maître.

8 8

SCÈNE VII

Les précédents; le capitaine LEDUN,
PIERRE VIGNEUX.

GUILLAUME.

Le capitaine ici ! Encore cette humiliation ! (*Au
capitaine :*) Le congé que vous vous étiez engagé
à m'accorder, monsieur, n'est pas encore expiré,
et je le dis ici en présence de tous. Si de mal-
heureuses circonstances, le désir de revoir ma
patrie m'ont forcé de souscrire à un terrible mar-
ché, je ne vous ai jamais donné le droit de
supposer que je voulusse manquer à mes enga-
gements. Parmi les fautes dont on peut justement
m'accuser, il n'en est pas du moins qui entache
mon honneur. Maintenant je suis prêt à vous
suivre. (*Apercevant Pierre Vigneux :*) Oh ! mon
excellent ami, mon bienfaiteur, par mon premier éloignement j'avais déchiré votre cœur, il
est bien juste que le second inflige la même peine
au mien.

PIERRE VIGNEUX.

Ma douleur et mes regrets ont duré quatre ans,
et j'espère que les tiens finiront aujourd'hui.

GUILLAUME, *avec agitation.*

Mon père, que dites-vous !

PIERRE VIGNEUX.

Le capitaine m'a rendu ton engagement.

GUILLAUME.

Il se pourrait !

LEDUN.

Sans doute, moyennant quinze cents francs que
M. Vigneux m'a comptés en bel et bon or, ma foi,
quoiqu'il ne vienne pas de la Californie. (*Il tire
une bourse de sa poche.*) La bourse est un peu
usée, mais son contenu n'en vaut pas moins.

GUILLAUME, *avec émotion.*

Les économies de toute votre vie. Mais je ne
souffrirai pas que vous vous dépouilliez ainsi ; moi
seul dois être responsable de ma faute.

PIERRE VIGNEUX.

Silence, mon enfant, je ne connaissais pas la
joie que l'on éprouve parfois à être riche.

GUILLAUME.

Ah ! j'espère du moins, à force de travail, de
reconnaissance, pouvoir vous rendre un jour ce
que vous avez fait pour moi.

9 *

BOISSU.

Ah ! c'est un beau trait, M. Vigneux.

MICHEL.

Et surtout en faveur d'un ingrat.

PIERRE VIGNEUX.

Que voulez-vous, meunier, je craignais toujours
que ne pouvant refuser plus long-temps vos offres
de services, il me privât ainsi du plaisir de l'obli-
ger ; car c'est une justice à vous rendre, vous
avez été, ainsi que Jérôme, les premiers à fêter
son retour ; moi j'y ai mis plus de réflexion, cela
provient sans doute de la différence de nos âges.

BOISSU.

Et de vos cœurs.

(*Michel et Jérôme se détournent avec embarras.*)

MARTIN.

Eh bien, on peut dire tout de même que Guillaume a un fameux bonheur ; il va devenir ren-
tier maintenant.

PIERRE VIGNEUX.

Non pas. M. de Pontis, le propriétaire de la
ferme dans laquelle tu es berger, m'a écrit qu'il
s'en rapportait à moi du choix d'un nouveau fermier, et je lui proposerai Guillaume.

GUILLAUME.

Oh ! mon excellent bienfaiteur ! comment vous
témoignerais-je ma profonde gratitude ?

MARTIN.

Je vois qu'il va me falloir chercher gîte ailleurs.

GUILLAUME.

Lorsque je trouve tant d'indulgence il ne conviendrait guère de me montrer trop sévère ; mais songes-y bien, les comptes du passé une fois réglés, je serai juste envers toi comme je désire qu'on le soit à mon égard.

LEDUN.

Je vais retourner au Hâvre ; mais dans huit jours mon navire appareillera pour la Californie, y a-t-il quelqu'un ici qui veuille tenter la fortune ?

TOUS.

Non, non, non.

LEDUN, *avec ironie.*

Touchante unanimité.

PIERRE VIGNEUX.

C'est bien le moins, monsieur, que l'exemple de Guillaume profite à ses compatriotes.

LEDUN.

Parce qu'il a été malheureux, ce n'est pas une raison pour que les autres le soient.

PIERRE VIGNEUX.

C'est vrai ; mais leur départ ferait couler bien des larmes, briserait les liens sacrés de la famille : l'or qu'ils rapporteraient, peut-être, vaut-il de tels sacrifices ?

GUILLAUME, *avec force.*

Non, mille fois non !.....

PIERRE VIGNEUX.

Merci, mon fils, j'espère qu'il est plus d'un cœur ici qui ratifie ces paroles et qui dit avec nous :

VERTU PASSE RICHESSE.

FIN.

Lille, typ. L. Lefort. 1853.

BIBLIOTHÈQUE

HISTORIQUE ET MORALE.

1ʳᵉ série. — **91** vol. in-12. fig.

Tout le travail de cette collection a été fait dans cette profonde conviction, que le plus bel apanage de l'écrivain est d'éclairer l'intelligence, d'épurer le cœur, d'élever l'âme, et de déposer dans l'esprit du lecteur un bon germe, que le temps, l'expérience et la réflexion ne peuvent manquer de développer.

ADHÉMAR de Belcastel, ou ne jugez pas sans connaître.
ALGÉRIE (l') CHRÉTIENNE, par A. Egron.
AME (l'); entretiens de famille.
AMIS DE COLLÈGE, par Mᵐᵉ Césarie Farrenc.
ANTOINE ET JOSEPH, ou les deux éducations.
ANTOINE, ou le retour au village, par l'abbé de Valette.
BEAUTÉS DES LEÇONS DE LA NATURE.
BIBLE DE FAMILLE; nouvelle édit. *approuvée.*
BOTANIQUE à l'usage de la jeunesse, par Mᵐᵉ B***
BRUNO; imité de l'allemand, par l'auteur d'*Adhémar.*
CHANTS HISTORIQUES, trad. de l'italien de Silvio.
CHARMES DE LA SOCIÉTÉ DU CHRÉTIEN.

— ✿✿✿ —

www.ingramcontent.com/pod-product-compliance
Lightning Source LLC
Chambersburg PA
CBHW051554280626
47162CB00022B/2252